FERRÉZ

NINGUÉM É INOCENTE EM SÃO PAULO

Coordenação editorial: Sálvio Nienkötter
Editor-executivo: Daniel Osiecki, Raul K. Souza
Editora-adjunta: Francieli Cunico
Editoração: Carlos Garcia Fernandes
Revisão: Daniel Osiecki
Produção: Cristiane Nienkötter
Preparação de originais: o Autor

Dados Internacionais de Catalogação na Publicação (CIP)
Angelica Ilacqua CRB-8/7057

Ferréz
Ninguém é inocente em São Paulo / Ferréz. -- Curitiba : Kotter Editorial, 2020.
104 p.

ISBN 978-65-86526-50-9

1. contos Brasileiros 1. título. 11. série.

CDD 869.3

16-08095

Kotter Editorial Ltda.
Rua das Cerejeiras, 194
CEP: 82700-510 - Curitiba - PR
Tel. + 55(41) 3585-5161
www.kotter.com.br | contato@kotter.com.br

Feito o depósito legal
1ª Edição
2020

FERRÉZ

NINGUÉM É INOCENTE EM SÃO PAULO

Sumário

Ouça-me bem, meu irmão,
negligenciei você lutando por
um povo que nem sequer me olha
com bons olhos e deles talvez
eu herde apenas o cinismo.
Preto Ghóez

Meu corpo está preso na guerra,
mas minha alma caminha em liberdade,
literatura marginal lado a lado
com us guerreiros de verdade.
Alex (Ratão)

contos e insultos

Bula

Contos pra mim, sempre foram desabafos, tá ligado?

Se lidos sem precaução, podem acarretar mais danos a um corpo já cansado, e a uma mente já tumultuada.

Dependendo da intenção, podem trazer alegria, ou talvez somente um leve sorriso.

Mas quem escreve quase nunca presencia nada disso.

A não ser que sejam interpretados no cinema ou televisão.

No fundo são amostras grátis.

Começos de um romance que já nasceu fracassado.

Eu os achava fáceis, por isso os descartava.

Depois a dificuldade apareceu, na hora de os prender em um livro.

Continua a ser para mim uma forma de insultar rápido alguém ou contar uma pequena mentira.

Alguns eu fiz por desespero, um bico que alguém ofereceu.

Assim como pintava a casa de alguém por dinheiro, eu os fazia melhor se alguém pagasse mais por isso.

Mas de uma coisa sempre tive certeza, todos foram tirados aqui de dentro.

Eles têm algo de bom, sempre nasceram rápido, de uma paulada só.

A maioria é duro, desesperançado, porque assim foi vivido ou imaginado.

No rastejar o ser mutante não se contenta em ser "normal".

Trechos de vida que catei, trapos de sentimentos que juntei, fragmentos de risos que roubei estão todos aí, histórias diversas do mesmo ambiente, de um mesmo país, um país chamado periferia.

Pessoas na maioria já falecidas, eternizadas no meu universo.

Eternos amigos que continuam a me contar suas histórias, que sempre estão ao meu lado.

O funcionário que ninguém nota, o vizinho que ninguém quer ter, o pedinte que ninguém quer ajudar, a criança que não consegue brincar, o repórter que tem guetofobia.

O conto *Pão Doce* foi publicado primeiramente na Itália, *O plano* foi publicado na Revista Caros Amigos e *Buba e o muro social* foi publicado na Folha de São Paulo.

Mas a maioria era inédita no papel, mas não na vida.

Agradecimentos a Marçal Aquino
pela correção de *Vizinhos*
e a Marcelino Freire por todas outras correções.
Valeu, rapaz.

Fábrica de fazer vilão

Tô cansado mãe, vou dormir.

Estômago do carai, acho que é gastrite.

Cobertor fino, parece lençol, mas um dia melhora.

Os ruídos dos sons às vezes incomodam, mas na maioria ajudam.

Pelo menos sei que tem um monte de barraco cheio, monte de gente vivendo.

Ontem terminei mais uma letra, talvez o disco saia um dia, senão é melhor correr trecho.

Acorda, preto.

O quê... o quê...

Acorda logo.

Mas o quê...

Vamo logo, porra.

Ai, peraí, o que tá acontecendo?

Levanta logo, preto, desce pro bar.

Mas eu...

Desce pro bar, porra.

Tô indo.

Tento pegar o chinelo, cutuco com o pé embaixo da cama, mas não acho.

Todo mundo lá embaixo, o bar da minha mãe tá fechado, cinco homens, é a Dona Zica, a Rota.

É o seguinte, por que esse bar só tem preto?

Ninguém responde, vou ficar calado também, não sei por que somos pretos, não escolhi.

Vamos, porra, vamos falando, por que aqui só tem preto?

Porque... porque...

Porque o quê, macaca?

Minha mãe num é macaca.

Cala a boca, macaco, eu falo nesse caralho.

O homem se irrita, arranca a caixa de som, joga no chão.

Fala, macaca.

É que todo mundo na rua é preto.

Ah! Ouviu essa, cabo, todo mundo na rua é preto.

Por isso que essa rua só tem vagabundo, só tem noia.

Penso em falar, sou do *rap*, sou guerreiro, mas não paro de olhar a pistola na mão dele.

É o seguinte, vocês vivem de quê aqui?

Do bar, moço.

Moço é a vaca preta que te pariu, eu sou senhor para você.

Sim, senhor.

Minha mãe não merece isso, 20 anos de diarista.

E você, neguinho, o que tá olhando aí, decorando minha cara para me matar, é? Você pode até tentar, mas a gente volta aqui, põe fogo em criança, queima os barracos e atira em todo mundo nessa porra.

Ai! Meu Deus.

Minha mãe começa a chorar.

Você trabalha de quê, seu macaco?

Tô desempregado.

Tá é vagabundo. Levar lata de concreto nas costas não quer, né?

Ele talvez não saiba que todo mundo na minha rua é pedreiro agora, ele talvez não saiba.

Sabe o que você é?

Não.

Você é lixo, olha suas roupas, olha sua cara, magro que nem um preto da Etiópia, vai roubar, caralho, sai dessa.

Sou trabalhador.

Trabalhador o caralho, você é lixo, lixo.

Cai cuspe da boca dele na minha cara, eu sou lixo agora. Eu canto *rap*, devia responder a ele nessas horas, falar de revolução, falar da divisão errada no país, falar do preconceito, mas...

É o seguinte, seus montes de bosta, vou apagar a luz, e vou atirar em alguém.

Mas capitão...

Cala a boca, caralho, você é da corporação, só obedece.

Sim, senhor.

Ou tem algum familiar seu aqui, algum desses pretos?

Tem não.

Ah! Mas se eles te pegam na rua, comem sua mulher, roubam seus filhos sem dó.

Certo, capitão.

Então apaga a luz.

O tiro acontece, eu abraço minha mãe, ela é magra como eu, ela treme como eu.

Todo mundo grita, depois todo mundo fica parado, o ronco da viatura fica mais distante.

Alguém acende a luz.

Filho-da-puta do caralho, atirou no teto, grita alguém.

O Plano

O esquema tá mil grau, meia-noite pego o ônibus, mó viagem de rolê pra voltar, o trampo nem cansa muito, o que mais condena o trabalhador é o transporte coletivo.

Muita gente no banzão, muitas de maquiagem pesada, mas muitas também com os cadernos no braço, mulher de periferia é guerreira, quero ver achar igual em outro lugar.

O plano vai bem, dois manos de cadeira de rodas no final do Capelinha, um outro de muleta, um cego entra logo depois, essa porra é ou não é uma guerra?

Os pés descalços, sujos como a mente da elite, o plano vai bem, todos resignados, cada um uma sequela, chamados desgraçados, nunca têm no bolso o dobro de cinco, nunca passaram na rua da Confluência da Forquilha, e, se passaram, pararam, entraram nos apartamentos, fritaram rosbife, prepararam lindos pratos e em casa nem o ovo é esperado, cuidam da segurança dos outros e em casa nem isso sonham ter.

Não me admira que o plano funcione, os pensamentos são vadios, afinal essa é a soma de tudo, quem? O rei do ponto? Esse tá sossegado, só contando o dinheiro. Informação? Não! O povo é leigo, não entende, então não complica, o assunto na favela aqui não vinga seu manual prático do ódio, só Casa dos Artistas, discutir na favela só se o Corinthians é campeão ou não.

Nada contra, sabe? Mas futebol não é arte, futebol é bola e homens correndo. Pra mim não pega nada, desculpa quem gosta disso mas é simples, é a regra da vida em simples lances, eu quero mais, quero regras complicadas, quero traços que tragam uma época que talvez não vivi, mas sinto, quero palavras que gerem vida, desculpa aí, meu, mas eu não gosto disso aí, pra mim nunca vogou nada, nunca entendi, nunca participei, só sei que muitos de que gostei morreram por isso, mas nunca entendi por que morrer por isso.

O meu povo é assim, vive de paixão, o ideal revolucionário também é pura paixão, muitos amam Lucimares, muitos amam Marias, Josefas, Doroteias, e, na transubstanciação da dor, um tiro mata um empresário no posto, o plano funciona.

E quer saber?

Ninguém é inocente em São Paulo.

Somos culpados.

Culpados.

Culpados também.

O mundo em guerra e a revista *Época* põe o Bambam do *Big Brother* na capa, mas que porra de país é este?

O mesmo país que se dizima com armas de fogo e as mantém pelo referendo.

Ah! É verdade, o plano funciona.

Tô no buzão ainda e um maluco me encara, vai se foder, você é meu espelho, não vou quebrar meu reflexo, mas a maioria quebra, faz o que o sistema quer.

Quem gera preconceito é só quem tem poder, um sem o outro não existe, o ônibus balança que só a porra, tenho até desgosto de continuar a escrever, mas comigo o plano não funciona.

Morar em periferia sempre me prejudicou, esgoto, bebedeira, tiro, e principalmente para se candidatar a algum emprego. É do Capão? Então não emprega.

Hoje a quebrada é usada contra mim, por mulheres como a Mirisola, que acha que a vida do escritor é que o define, polêmico, saiba que o Leão é mais importante que a fauna, mas pensando bem vou falar de gente.

Finalmente o ponto, a porta abre bruscamente, desço, todo mundo no pau, o motorista mal espera descer e sai em disparada, ando até em casa, já tá serenando, pizzaria aberta.

Chega aí, Ferréz!

Vô não, irmão, tenho que resolver algumas coisas, chego em casa, deixo a bolsa e pego o livro do Dr

Lair Ribeiro, e olho para os lados para ver se alguém está notando, tenho vontade de rasgar, mas vou deixar lá na biblioteca, deve servir pra alguém, sei lá, vai saber, tem louco pra tudo, né não?

Pego o *Memórias de um Sobrevivente,* isso é livro de verdade, começo a folhear, decido ir pra casa do André, vou serrar um café por lá mesmo, um outro, o meu antigo parceiro pipocou, me decepcionou, se entregou por pouca coisa, que se foda então, ficar perto de fraco dá fraqueza, subo a rua, chamo, ele aparece e diz que tá indo pra casa do Duda, decidimos ir, chegamos lá, a Dona Geni já começa a fazer o café, a gente senta no confortável sofá da sala, a Mel vem brincando, que cachorrinha da hora, a Fabiane liga a tv e o plano começa a funcionar de novo.

Pega Ela

Longe, hein?
É estrada, nego, é assim mesmo.
E como anda a Suzana?
A loira tá da hora.
Firmeza?
Por que a pergunta?
Saudade de ver vocês dois, porra.
Lipo, há quanto tempo a gente se conhece?
Acho que mais de dez.
Põe dez nisso, tu começou a andar comigo aos 12.
É mesmo, só de baralho temos vários.
As madrugadeiras no bar do Domingos, né?
Pode crer.
Então faz mais de 15 anos, tu tá com quanto?
25.
Então tem isso não, tem uns 13.

Pode crer, Alemão, desde o dia em que te vi quis ser teu amigo.
Por quê, carai?
Porque você sempre foi o linha de frente, né?
Pode crer, mas você já demonstrava apetite.
É, mas esse carai não chega.
Vive com o carai na boca.
Piada antiga, hein, nego?
Lipo?
O quê?
Você sempre foi firmeza comigo.
Ih! Esses papos me incomodam, o que pega?
Pega nada não.
É entre você e a Suzana?
Não.
Ah!
Ah! O quê?
Nada não, parece que tá boladão.
Estou mesmo, tem uns papos paralelos aí.
Envolvendo quem? Posso saber?
Você mesmo.
Para com essas coisas, Alemão, o que pega?
Aquela mina lá do irmão.
Ih! Deixa isso quieto.
Por quê?
Tô a fim de falar não.
Mas temos que falar.
...
Temos que falar.
Pra que remoer?

Temos que sumariar.
Vamos parar para mijar?
Vamos.
Ah! Nada mais gostoso do que mijar.
Ainda mais nesse mato verde, queria viver aqui.
É mesmo.
É, ficar de boa, andar de cavalo, plantar uns baratos.
Lipo, você comeu a mulher do cara?
Alemão, carai, você é meu irmão, guarda essa porra.
Guardo não, nego, vamos ter que sumariar.
Mas que carai é esse?
Sei não, sei que o cara era irmão, vai ter que sumariar.
Mas catei não.
Catou.
Catei...
Fala logo, porra.
Carai, Alemão, engatilhou o bagulho, você é meu irmão.
Irmão eu sou, só que também dos outros, você sabe o código.
Mas...
Mas o quê, fala?
Tá bom, eu dei um beijo.
Para de palhaçada, carai, eu vou te assassinar.
Faz isso comigo não, Alemão, ela que me beijou.
Tu ficou lá para ser guardado, não para catar a mulher do irmão.

Mas essa vadia, eu tava no banheiro e...
Fala tudo, porra!
Eu tava tomando banho, ela entrou, tava de espartilho e o carai, eu dei um beijo.
Sinto muito, Lipo.
Fala!
É o Alemão.
E aí?
Matei meu melhor amigo, meu companheiro, só que sua mulher também vacilou.
Eu sei, vou dar um coro nela.
Não basta, eu perdi meu irmão, você vai ter que matar ela.
Mas ela tá grávida.
Foda-se, de repente nem é seu, cê sabe o código, se não pegar, a gente pega vocês.
Tá, tá bom, carai, vou pegar.

O grande assalto

Avenida Santo Amaro. 13 horas.

Um homem malvestido para em frente a uma concessionária de automóveis fechada e nota as bolas promocionais amarradas à porta.

Um policial desce da viatura, olha para todos os lados e observa um suspeito parado em frente a uma concessionária. O suspeito está malvestido e descalço.

Uma senhora sentada no banco do ônibus que para na avenida para pegar passageiros comenta com a moça sentada ao seu lado que tem um mendigo todo sujo parado em frente a uma loja de automóveis.

Um senhor passa por um homem todo sujo. Segura a carteira e começa a andar apressado. Logo que nota a viatura estacionada mais à frente, se sente seguro, amenizando os passos.

Um jovem tenta desviar detrás do ônibus parado, os policiais que ele vê logo à frente lhe trazem desconforto, pois seu carro está repleto de drogas que serão comercializadas na faculdade em que estuda.

O homem malvestido resolve agir, dá três passos à frente, levanta as mãos e agarra duas bolas promocionais; faz a conta rapidamente e se sente realizado, quando pensa que ao vender as bolas comprará algo para beber.

Uma moça, alertada pela senhora ao seu lado no ônibus, chama a atenção de vários passageiros para o homem que, segundo ela, é um mendigo, e diz alto que ele acabou de roubar algo na concessionária.

Um jovem com o carro cheio de drogas para vender na sua faculdade nota o homem correndo com duas bolas e dá ré no carro ao ver os policiais vindo em sua direção.

Um policial alcança o homem malvestido e bate com o cabo do revólver em sua cabeça várias vezes; o homem tido como mendigo pelos passageiros de um ônibus em frente cai e as bolas rolam pelo asfalto.

Um motorista que dirige na mesma linha há oito anos tenta ficar com o ônibus parado para ver os policiais darem chutes e socos em um homem malvestido que está caído na calçada, mas o trânsito está livre e ele avança passando por cima e estourando duas bolas promocionais.

O probrema é a curtura, rapaz

Certo... certo, tá difícil pra você, tá difícil pra mim, fazer o quê? A vida é assim.

Mas o praiboy já tava zoando com a gente, esses dia aí. O que tava escrito no *Audi* dele mesmo?

"Se tá difícil pra mim, imagina pra você?"

É, aí é embaçado, hein? A rapaziada tinha que dar um pau mesmo.

Mas num deu não, rapaz.

Não? O que fizeram?

Só fizeram ele tirar o adesivo, e deram uns xingo nele lá.

Tá mole, hein? A rapaziada tá mole.

Também esse barato de pobreza aí já tá dando no saco, falta trabalhar mais.

Que nada! Tá difícil mesmo. Na época do meu pai, ele saía de um trampo e entrava noutro, assim, óh, rapidim. Na época do seu pai, picolé era lambido ainda quente, rapaz, tu tá de vacilo.

Tô não, o que falta é o povo também baixar o padrão, muito neguim de carro novo aí, tá ligado? Tá no barraco e de carro.

Baixar como, carai? A pessoa tem que viver também, não tem nem como comer mais. Já tirô passeio com os filho, já tirô a alegria da patroa de um sambão, vai tirar o que mais, rapaz? Sua cerveja cê não para, né?

Ah, aí também não. Deixa a loira quieta, eu fomento o comércio local.

O pobrema é a curtura, rapaz

Comércio local? Tá estagnado, tá paradão, tá ligado? Até no tráfico tá foda, mano.

Tá foda porque tem muito zumbi pra pouco palmares, como diz o Sérgio, liga o poeta?

O dos pensamento é vadio?

É esse mesmo, o homi rima bem, mas tá foda mesmo, todo mundo querendo ser patrão.

É... o pior é o tiozinho lá, deu sopapo no ouvido.

Com qual motivo?

A filha pediu um presente de Dia das Crianças, ele não tinha um dinheiro, deixou um bilhete tipo triste, pedindo desculpa, amarrou um pano na mão e no berro pra abafar a bala e meteu na cachola.

Porra, não quis incomodar nem na hora da morte.

É, ha, ha.

Ri não, rapaz, é triste, mas o tráfico tava dando uns brinquedo ali, por que ele num pegou?

Quis não.

Por que ele não quis?

Diz que era honesto, não queria esmola de tráfico.

Feio, hein? Ainda por cima orgulhoso, tô falando. Falta baixar o padrão.

A fita tá na curtura.

Que curtura, rapaz?

Pra você vê, é isso que tu nem sabe, tem acesso a nada, sem alimentação, nunca vai ser criativo, carai.

Criativo, o mundo é rico e pobre.

Nada disso, o mundo é três, rico, pobre e criativo.

Então você é qual?

Criativo, carai, não dou meus pulo?

Faz o quê, rapaz?

Conserto vídeo, arrumo encanamento, faço bico, esse barato aí.

Tu tá de conversa, aqui só vira lobi, complô, esses barato de oportunista, tá ligado?

Sei; eu dou meu trampo, mas eles só vive de explorar, vê aí, o crime chega com uns agrado pra criança e a subprefeitura tem cerca eletrificada, funcionário tudo folgado, que nem taí pra nada.

E esses merda mora tudo aqui também, cu de burro esses aí, se eu trombo, logo arrebento na bala.

Tá tudo fudido mesmo, tem que ter curtura.

Curtura o quê, rapaz? Vem você com esse papo, tá tudo entregue aí, pra você ver, até os barato das arma.

Mas isso o povo não entendeu, eu entendi tudo, os bandido ia ficar armado.

E você num é bandido, rapaz?

Sou não, vê se tô de terno e gravata.

É memo, ha, ha, ha.

Pão doce

Acordo sempre às seis.

Hoje não sei por que dormi até às seis e vinte.

Cuspi na pia a pasta de dente que esfreguei rapidamente com o dedo.

Faço isso todos os dias.

Peguei o ônibus lotado, passei por uma dona e meu pau deu uma fisgada.

Lembrei da notícia do Cidade Alerta: "Tarado leva 50 estocadas com estiletes no cadeião."

Meu pau murchou na hora.

Passei para a parte de trás.

Me apoiei na barra de alumínio, que alguém trouxera, que estava antes do último banco.

Olhei para os peitos de uma gordinha sentada logo à minha frente.

Imaginei uma espanhola.

Adoro espanholas, ainda mais quando os seios são fartos. Logo lembro de minha mulher. Ela tem os peitos pequenos, nem nisso dou sorte.

Ontem, durante a discussão que já é rotina, percebi que não basta elas terem nosso tempo, nosso corpo, elas querem mais, elas querem nossa alma.

O que você está pensando aí? É noutra vadia, né?

Eu estava pensando o que tinha ganho de seis anos naquele emprego, e não numa vadia, embora não fosse má ideia.

A maioria das traições são as mulheres que provocam na gente, elas estimulam a gente com essas perguntas, até o dia em que você realmente começa a pensar em vadias.

Cheguei no trabalho e fui tomar café.

O gerente é baiano, eu sempre humilhava os meninos que também eram baianos.

Deus é muito sacana, hoje estou pagando.

O gerente me olha e no olhar diz: "Eu sei que você chegou atrasado, eu sei que você me humilharia se pudesse, mas eu sou a porra do gerente, e se você moscar eu vou fuder a sua vida e vai começar se você decidir tomar café."

Tudo isso num olhar, hein? Não sou burro, fingi que ia beber um copo d'água e saí sem tomar café.

Comecei a mexer nos *pallets*.

Os *pallets* são estruturas de madeira, onde eles armazenam as mercadorias.

Às vezes os caminhões encostam e há dezenas de *pallets* cheios de arroz, *pallets* com feijão.

Esses dias descarreguei dois caminhões sozinho. Quando tentei parar um pouco, olhei para trás e lá estava o gerente. Seus olhos me diziam: "Se você encostar para descansar, eu vou fuder sua vida, vou comer sua mulher na sua frente."

Trabalhei até 11 horas. Estava quase desmaiando de fome, o mercado cheio de comida, tudo que é tipo de alimentação, mas se nos virem comendo é justa causa.

Pode ser um Danone ou pode ser um caroço de feijão. Uma vez, um menino foi mandado embora, devia ter uns 18 anos e tinha um filho recém-nascido.

Pegaram ele comendo uma goiaba, ele foi mandado por justa causa.

Com 18 anos e sujou a carteira, nunca mais arruma emprego na vida.

Era mais justo se dessem um revólver para ele junto com a devolução da carteira de trabalho.

Já vi dezenas de bacanas roubando.

Às vezes eles pegam queijos caros, às vezes roubam doces ou latinhas de patê.

Uma vez, o segurança pegou um velhinho que estava roubando uns chocolates finos.

Levou ele, falando alto e tudo, no meio de todo mundo, até chegar no gerente.

O segurança foi mandado embora no outro dia, o velhinho era gente bacana, cheio da grana, e nessa gente a nossa gente não encosta, ele já devia saber disso.

Eu mesmo preparei uma cesta cheia de coisas caras para o entregador levar à casa do velho.

Era um presente do mercado, e um pedido de desculpas pelo engano.

Só os pobres não têm o mesmo tratamento.

Uma vez, pegaram uns meninos roubando chocolates, um tava com uma barra dentro da cintura e o outro com uma caixa.

O gerente chamou todos os funcionários para presenciar, e depois o segurança começou a humilhar os meninos, fez eles comerem o chocolate de uma vez, e depois vomitar.

A gente não queria ver, mas o gerente mandava olhar.

Os meninos vomitaram tudo, e o mercado perdeu os chocolates de todo jeito.

Eu estava na minha seção e não conseguia dar conta, quanto mais eu repunha a mercadoria, mais as pessoas compravam.

Acabava o macarrão, eu buscava o palete e, quando chegava o arroz, também estava no fim.

Logo que repus o arroz, o feijão e o óleo estavam no fim também. Toda vez que eu tentava passar com o carrinho, as pessoas reclamavam. Estava incomodando todo mundo.

Eu estava todo suado quando o dono da rede de mercados parou na minha frente junto com o gerente.

Eu li nos olhos do gerente: "Agora eu vou fuder sua vida, vou arrancar seus dois olhos, vou colocar no meio do seu rabo."

O dono da rede ia de surpresa fazer uma fiscalização, sabe, né? Pôr os pingos nos is.

Ele me olhou dos pés à cabeça.

Em seguida, comentou algo com o gerente.

O gerente disse: "É, doutor, infelizmente a gente avisa para eles manterem a higiene pessoal, mas esse povo é meio burro."

O dono da rede disse: "Certo, mas tudo tem limite, esse homem está fedendo."

Foi então que o gerente me mandou para o banheiro e pediu para que eu tomasse um banho e colocasse um perfume, eu fui.

Me lavei por uns dez minutos, peguei um perfume do açougueiro emprestado e usei nas axilas, tive que colocar as mesmas roupas suadas e fedidas.

Caminhei pelo corredor, era final de mês. As pessoas se amontoavam, eu já não conseguia conter minhas lágrimas, se eu visse o gerente acho que lhe daria um soco. Foi então que comecei a andar pelo corredor cada vez mais rápido e cheguei na porta do mercado, olhei para a claridade lá fora e continuei caminhando, fui andando até o final da rua, eu estava livre, livre de verdade.

Não voltei para buscar meus direitos, mas minha mulher estava enchendo o saco, começou a insistir para que eu fosse buscar ao menos a cesta básica.

Cheguei na recepção, perguntei pela cesta básica. A atendente me olhou como se eu tivesse roubado algo seu e me disse: "Você não tem direito."

Eu insisti e disse que havia trabalhado quase o mês todo. Ela repetiu: "Você não tem direito."

Saí, resolvi pegar um ônibus e ir ao Parque do Ibirapuera, sempre achei tão bonito aquele parque. Lá, vi uma fonte muito linda que jogava a água para o ar, ela era como eu, jogando as coisas para o ar.

Anos mais tarde, soube de um amigo que aquela fonte foi muito cara e que havia sido paga pelo dono da rede de mercados que não quis me dar a cesta básica.

No vaga

E aí, encontrou?
Encontrei nada.
E o negócio do purificador?
Era tudo ilusão, fiz curso de três dias e depois descobri.
Já sei, de porta em porta de novo.
É, eles falam que é fixo, mas na real é de porta em porta.
Povo pilantra.
Pilantra é pouco, até a condução eu tinha que pagar.
E chegou a fazer o dito estágio?
Fiz sim, comprei até roupa no cartão.
Isso que fode tudo.
Pior foi o Deusdete.
O que foi?
Comprou uma máquina de fralda.

Meu Deus, esse homem não aprende.
Aprende não, não chega aquela das camisas, lembra? Lembro, sim. Fez meia dúzia de estampas e depois foi vender a máquina.
O pior dos piores é fazer os *books*.
É mesmo, toda mãe acha que o filho é o mais bonito.
Eles chegam a fazer até curso com as meninas.
Tudo mentira, até a filha zarolha da Lúcia entrou nessa. Já viu modelo zarolha?
Depois elas pagam mó dinheiro e ficam com as fotos guardadas.
É mesmo, porque vaga na tv, meu filho, já tá tudo prometido.
Tudo conversa fiada de televisão.
Não sei por que tem gente que ainda cai nisso.
Desespero, eu acho.
É mesmo, o povo chega até a fazer colar.
E quem compra colar na favela, Meu Deus?
Que nem as antenas parabólicas.
Quem caiu nessa?
O Zinho, lá da Rua 10, vendeu meia dúzia, não ganhou nem o do sal.
Tô falando, depois eles anunciam que tem muita vaga.
Tem vaga para ser explorado.
É mesmo, agora amanhã eu vou ver um bom.
Qual que é?
É um plano dentário, se vender três, o emprego é seu.

Nossa! Não tem como me envolver?
Só se você quiser comprar um meu.
E quanto é?

Rastejar

Deu o horário.
Ela foi dormir.
Primeiro tirou toda a maquiagem.
Ficou natural e desviou os olhos do espelho.
O mijo era um jato barulhento.
Colocou os grampos no cabelo.
Orou pelo pai doente.
Coçou o joelho, a mesma verruga.
Ele notou a luz se apagando no quarto.

Não podia esperar nem mais um segundo, ainda bem que ela havia ido dormir, era a melhor parte do dia.

Quando chegou da mecânica havia tomado um banho rápido.

Motores, câmbios, um Audi com a suspensão ruim, tinha que tirar tudo da cabeça.

A água tinha caído mais em suas costas.

Tudo questão de um maldito ser sistemático que morava dentro dele.

Era assim a vida, toda ela havia sido assim, não conseguia dormir se estivesse algo fora do lugar, e ultimamente evitava olhar para as coisas, um quadro torto, um pano mal dobrado, tudo o fazia levantar e organizar.

Quando saiu de baixo do chuveiro, girou a chave lentamente até o final, pegou a toalha e começou a se secar.

Por que estava na sala sentado e via tudo novamente? Por que relembrava cada passo?

Procurava há tempos não olhar para as coisas, isso o incomodava muito, luta interna era o que enfrentava, todos os dias um duelo contra sua própria loucura, vira e mexe chateava os outros.

Fulano, para com essa chave, sicrano, pelo amor de Deus, para de balançar esse pé.

Uma vez perdeu a paciência no cinema, alguém cochichando, perdeu a linha, desceu a porrada no cara, foi a última vez que foi ao cinema na vida.

Foi para a sala apenas de bermuda.

Pegou o livro, abriu no capítulo exato em que tinha parado, as pernas começaram a se mexer, ele sabia o que viria.

Mas já tinha feito tudo isso antes, por que não parava de relembrar?

Se juntaram, de sua barriga saiu um líquido viscoso, passo a passo, a bermuda saiu, caiu como se estivesse somente numa perna, começou a sentir as dores, o quarto estava todo quieto, ele prestava muita atenção nos ruídos, e não tinha nenhum, só os ossos estalavam agora.

A coisa se completou, agora as escamas estavam lá, os olhos viraram, a visão dobrou, também o tato havia melhorado bastante, abaixou o queixo e deslumbrou o novo corpo, liso, análogo.

Começou a deslizar, no início com dificuldade, depois com mais desenvoltura.

Passou pelo quarto, os tacos encerados não o denunciavam, o líquido viscoso marcava todo lugar por onde passava, chegou à cozinha, entrou no banheiro e fez a cauda ficar firme, ficou ereto, assim conseguiu acender a luz, sentou no vaso, abriu o livro e começou a ler.

Buba e o muro social

Eu até tinha muitas coisas legais para brincar, um ursinho de pelúcia que eu sempre mordia logo pela manhã e durante o resto do dia.

Também corria para comer a ração que vinha sempre macia, pois meu dono a mergulhava em água morna, eu também ficava fingindo que estava guardando o portão.

Foi meu pai que me ensinou, ele disse assim: "Filho, a nossa raça é muito conhecida por ser tranquila, mas precisamos ser mais do que somente cães bonitinhos e engraçadinhos, o mundo moderno exige que tenhamos mais serventia do que somente nossos olhos caídos e baba escorrendo, a realidade, filho, é que os *pit bulls* estão na moda, e nós estamos ficando pra escanteio, certo, certo que a gente já sabe onde isso vai dar, que, quando eles querem um carinho, eles vêm para nós, os Basset, que são os melhores, os *Hound*."

Bom, meu pai era um cara muito inteligente, mas perdi o contato com ele assim que seu dono me vendeu, então eu vim morar com o Moza, que é um cara super 10. Vive saindo à noite para as baladas e eu tenho um puta medo de ficar sozinho, mas seguro as pontas, pego meu ursinho e, sem ninguém ver, eu o agarro com todas minhas forças.

É, pessoal, minha vida até que estaria sendo boa se não tivesse acontecido do Moza precisar de dinheiro e ter me vendido.

Cara, cês num vão acreditar, eu tinha saído de uma *pet shop* chiquérrima há poucos minutos, tinha tomado um banho chapado e até uma gravatinha tinha ganhado, confesso que uma cadelinha ficou pagando um pau, mas eu fingi que não vi. Vocês sabem, né?

A gente tem que dar uma de difícil, e também confesso uma coisa: eu fui operado quando era bem pequenininho e não posso cruzar, mas faz favor, hein? Comenta com ninguém não.

Veio um Fusca, um cara muito mal-encarado e me pegou nos braços, depois deu um papel para meu ex-dono e saiu comigo no carro. O cara dirigia mal pra cacete, e eu fiquei com uma vontade de fazer pipi mas me segurei. Cara, você não imagina o medo que me deu, eu fui saindo de perto daqueles prédios bonitos e umas casas grandes de cachorro foram aparecendo. Nossa! Parecia que eu tava indo para uma terra de gigantes, fiquei imaginando o tamanho que eles mediam, mas depois me espantei quando vi gente saindo daquelas casas, depois os cachorros que conheci na rua me explicaram que eu estava entrando numa favela.

Sabe aqueles banhos no veterinário? Nem pensar, e a ração gostosa e úmida, nunca mais. Depois desse dia, estou vivendo somente com ração de combate e algo louco aconteceu. Eu posso ficar dentro de casa, e até dentro do lugar em que meu novo dono trabalha. Ele fica o dia todo em frente a uma espécie de televisão e fica mexendo os dedos. Já ouvi alguém dizer que ele é escritor, mas nunca consegui ler o que ele escreve. Toda vez que chego perto, ele logo me dá um carinho e para o que está fazendo para ficar me olhando com ternura. Sabe, a primeira vez que choveu, eu tomei um puta susto, pois começou a encher o quintal de barro, e depois também fiquei sabendo que aquilo era uma enchente. Segundo alguns cachorros, uns bichinhos que eu vi e queria brincar, na verdade, eram ratos – e me orientaram a não chegar perto.

Bom, minha vida mudou muito, às vezes tenho saudade do meu ursinho, mas aprendi a sobreviver aqui e tenho exemplos de muita vitória, como são os vira-latas, nossa! Eles passam cada situação.

Eu quase não faço barulho, também não olho o portão, porque não precisa, é todo mundo conhecido e fica entrando gente o dia inteiro. Eles bebem café e conversam durante horas, eu fico esperando a noite chegar, pois no prédio em que eu morava eu não via umas luzinhas no céu, e aqui eu consigo ver. E, de vez em quando, aparece uma bola prateada muito bonita. Eu adoro viver aqui. O céu é azul e não cinza como lá.

Bom!

É isso. Vou sair daqui agora. Se meu dono me pega escrevendo, eu tô perdido.

Era uma vez

Antes de chegar ao bar, Era Uma Vez tirou os óculos.

O sereno caía e ele não enxergava.

Havia decidido não pensar em nada naquela noite.

Estava próximo ao bar.

Começou a se perguntar por que os seres humanos não podem guardar momentos.

Chegou ao bar e começou a olhar para o ambiente.

Não tinha nada para fazer ali.

Nunca havia feito amizade com ninguém fora de sua família.

Cadeiras cheias de carne morta, sonhadores de um futuro agora já primitivo.

Voltou para o ponto, ato contínuo, notou que entre a placa de ferro e o ponto havia duas teias de aranha.

Uma teia era inclinada para cima, a outra para baixo. No meio, a pequena aranha.

As teias pareciam ser feitas de diamante devido ao sereno que nelas caía.

O ônibus chegou, Era Uma Vez entrou rapidamente, chegou em casa, sentou no sofá e sentiu falta do brilho da teia, pensar nisso doía demais.

Não conseguia parar de pensar.

Abriu a geladeira, pegou um cubo de gelo, foi para a sala e arremessou-o contra a parede. Viu o brilho por alguns instantes, era quase o mesmo brilho que havia visto na teia.

Correu para a geladeira, pegou a bandeja de gelo, foi para a sala novamente, começou a arremessar um a um os cubos de gelo na parede, via o brilho e queria ver de novo, e de novo, e de novo...

O chão da sala já se encontrava encharcado.

Para Era Uma Vez nenhum momento era como o primeiro, satisfação prorrogada, mas não era a mesma coisa, o primeiro ato foi o único.

Passadas algumas horas, pegou um balde de tinta e começou a pintar o lugar onde o primeiro cubo havia se quebrado.

Onde o primeiro brilho teve vida.

Começou a se perguntar por que os seres humanos não podem guardar momentos.

E logo tinha pintado toda a sala, a cozinha, e logo jogava tinta nos móveis, e via o brilho por alguns segundos.

O momento tinha sido preservado.

Mas havia outros momentos.
Nunca podia parar.
Fotos, filmagens, anotações, imagens, lembranças, coisas que arquivamos em nós mesmos.
Os momentos fugiam.
Não era o brilho que Era Uma Vez procurava.
Não eram os momentos bons.
Naquela noite, dormiu como uma criança após ouvir uma linda história de alguém que ele ainda não conhecia.
Acordou cedo e foi para o bar novamente.
Chegou e todos ficaram olhando para aquele homem com uma picareta na mão.
Começou a cavar em volta do ponto de ônibus.
Conseguiu tirar e o colocou nas costas.
Chegou em casa e deitou o ponto no meio da sala.
A teia estava pendurada nele.
Deitou do lado do poste e ficou olhando fixamente para a teia.

O ônibus branco

Entrei, já estava lotado, não havia notado a semelhança dos passageiros, estava esgotado.

Não sabia mais por onde correr, os dois inimigos atrás de mim não acertaram os tiros, estou intacto.

Nem vi de onde eles saíram, vieram cobrar treta do cara errado, eu num tinha nada a ver com aquelas fitas, vou sumariar tudo isso hoje mesmo quando chegar na quebra.

Olhei para o lado e vi o meu parceirinho, não acreditei, Marquinhos ali do meu lado.

E aí, parceiro, como vai?

Tamo indo, mó saudade, Nal, me dá um abraço aqui.

Claro, só você mesmo pra me chamar de Nal, porra, mó saudade, por onde tinha andado?

Ah! Desde aquele dia da pizzaria que meu anjo da guarda se distraiu eu fiquei por aqui, tô nesse ônibus, junto com outros, olha lá o China, já tá tentando abrir a porta, o motorista fica que fica louco.

Pode crer! Oh! China...

E aí, Ferréz?

Meu, como vai você, cara?

Tô indo, essa porra desse motorista num abre a porta, eu vou zoar ele.

Meu, mas você e o Marquinhos no mesmo ônibus, aí já é coincidência demais.

Nada é coincidência, Ferréz, como tá indo meu irmão lá, e o meu velho e minha mãe?

Tão bem, eles ficaram bem tristes, né? Mas tão indo, o Chininha tá lá, andando de moto como sempre, ele anda muito com o Dentinho.

Fala uma coisa pra ele, véio.

Fala o quê, China?

Fala que não compensa, não compensou pra mim, eu tô com saudade, abraça eles pra mim.

Pode deixar, esse ônibus tá indo pra onde?

É bom você não saber.

Mas, Marquinhos...

Ferréz, se liga quem tá lá no banco da frente.

Quem?

O William.

Porra, não acredito, chama ele aqui, fomos todos criados juntos, não acredito que ele tá aqui também.

Só tem um problema, ele num pode passar pra essa parte do ônibus, ele tem que ficar lá na frente, você sabe, né? Ele aprontou um pouco.

Não tô entendendo, Marquinhos, como assim?

Bom, lá com ele estão o Rodriguinho, o Táta, o Dunga, o Edinho.

Puxa! Tá todo mundo aqui, o Rodriguinho eu tenho que ver, ele foi um dia depois que tomamos refrigerante e comemos mó churrascada em frente à padaria, queria perguntar pra ele se...

Nada disso, Ferréz, a gente não pode falar com eles, mas o ônibus tá lotado de amigo nosso até lá na frente, vai reparando...

Pode crer! Olha o Peixe lá, eita, mano, firmeza? Olha o Boca de Lata, que legal, putz! O Ratão tinha que estar aqui, os paceiros dele tão de monte aqui também, mas como tá todo mundo junto assim se...

Ó, barato é esse, Nal. Desculpa, agora é Ferréz, né?

Pode chamar de Nal mesmo, com a gente não tem essa. Então manda um abraço lá pra minha irmã Fabiana, pra Ana Lúcia e pra Mimi, diz pra minha mãe se cuidar que eu amo ela de montão, e vê se lembra disso, eu vou voltar, quando você tiver a maior alegria da sua vida, o resto dos parceiros não pode falar com você, eles sempre escolhem um pra falar, então é isso, agora chegou sua hora de descer, irmão, já deram o sinal.

Mas eu queria te dizer que...

Desce, Nal, eu sei que você sente minha falta, nós sentimos a sua também, mas esse ônibus por enquanto não tem destino pra você, vamos pegar outro ali na frente, tchau, Nal.

Desci, andei por uma rua escura muito tempo, estranhei o silêncio da quebra, achei uma claridade, parei e me dei conta de que a maior alegria da minha vida vai ser quando meu filho nascer. Fechei os olhos e abracei todos os meus amigos que se foram.

Cheguei em casa e ainda não consegui parar de chorar, pois sei que o ônibus vai continuar tendo novos passageiros, sempre, sempre, sempre.

O barco viking

Quando Alberto Saraiva criou a rede Habib's, certamente não imaginaria a cena.

Dois meninos, 9 e 11 anos.

Moradores do mesmo bairro onde está instalada a loja de comida árabe mais famosa do mundo.

Os brinquedos lá fora são atrativos, divertem os filhos dos clientes, que pagam uma merreca por esfiha. Entre eles está um escritor e sua esposa. Os dois meninos olham os brinquedos.

Ficaram na fila, mas a funcionária não os deixou embarcar no barco viking.

Ficam presos à sua realidade.

O cigarro talvez, o baseado não. Cuidar de carro talvez, roubar não.

O pai de um é pernambucano — filho meu se aprontar eu quebro no pau. O pai de outro é mineiro

— sempre dei bom exemplo pra esse menino, se virá coisa ruim não é culpa minha.

A funcionária, que também é do bairro, não hesita, separa da fila.

Cara de maloqueiro? Talvez foi isso que os barrou na fila.

Mas a desculpa é padrão.

— Desculpe, meninos, mas é só para quem está consumindo.

Consumir.

Consumir.

Consumir.

Eles me veem.

E aí? Tudo bem?

São da minha vila.

Chamo pra minha mesa.

— Quer algo?

Não.

— Pede aí uma esfiha, um refri.

Os dois abaixam a cabeça.

Não.

Então quando levantam a cabeça, percebo o olhar.

O barco *viking*.

— Já, sei... garçom... faz favor.

— Sim, senhor.

— Leva eles aí no barco, eles querem brincar.

O garçom os acompanha, com um grande sorriso no rosto.

Consumir.

Consumir.

Consumir.

Alguns minutos e olho eles no barco, um cutuca o outro.

— Chapado... que louco!

Lembrei de quando era pequeno, fui numa excursão da escola para o *playcenter*, um amigo meu deu um soco num cara vestido de *Mickey*. Quando a diretora veio lhe chamar a atenção, ele gritou.

— Era um cara, porra, é apenas um cara vestido de *Mickey*.

É, garoto, eles sempre mentem pra nós, eu pensei, assim como tudo nessa vida, política, escândalos, carros, cerveja, sexo, um grande elo, não devia ser assim.

Mas as crianças no barco *viking* não filosofam, elas apenas sorriem, e cutucam uma a outra.

— Que louco, puta que pariu, que chapado!

Eu consumi, paguei, fingi que estava feliz, era sábado né?, dia de trabalhador curtir com a esposa. Estampei um sorriso padrão na cara, dei tchau pros meninos, furamos o sistema, eles estão no barco ainda.

Pra sempre.

Pegou um Axé

Cheguei cedo naquele encontro.

Minhas mãos estavam suadas.

O nervosismo sempre me acompanhou, desde a época do colégio.

Quem diria que fosse terminar a faculdade tão cedo?

E ninguém acreditava que aquele garoto acanhado fosse entrar no maior jornal do país.

Também as coisas não foram tão trabalhosas.

Uns telefonemas do meu pai e pronto.

Mas saiba que eu estudei pra caralho, viu?

Trabalhou a vida inteira no meio, então nada mais justo que indicar o filhão.

Profissão filho o caralho, eu ralei, mané.

Eu ralei pra caramba mesmo, uma vez até tive que lavar banheiro num acampamento.

Foi um dia que a empregada se injuriou com a bebedeira da gente.

Bom, só sei que estou quase indo.
Vai ser a maior aventura da minha vida.
Por isso fumei um baseado antes.
Mereço um pouquinho de emoção.
Todo dia ficar naquela redação dá nos nervos.
Tudo isso para pagar a casa na praia.
Pra ser sincero, se tivesse uma maconha e uma farinha de vez em quando tava bom.
Mas fui arrumar mulher, e aí já viu, elas sempre querem alguma coisa.
O gasto com cabelo é fichinha perto da nova decoração que ela quer na casa.
As amigas fazem o mesmo com os maridos.
Meu tio me dizia que putas são mais honestas, já cobram logo adiantado.
Isso forma uma rede, onde elas querem, nós damos e ninguém é feliz.
Todas as amantes estão esperando o casamento dos seus pretendentes chegarem ao fim.
Conheci uma mina na facu que ficava molhadinha quando via homem casado.
Devia ter um museu para os vários tipos de mulher nesse mundo.
Bom, acho que é ele.
Preto com roupa larga, só pode ser.
E aí, tudo bem?
Tudo bem, rapaz, demorou um pouco.
É que o relógio da rua é de outro ritmo, tá ligado?
Sei.

Odiava aquele tipo de conversa, mas por uma matéria a gente até conversa com eles.

Começamos a andar, eram tantas gírias que eu estava prestando atenção somente nos finais das frases.

Acho que eles são todos iguais.

No final, se essa reportagem ficar muito boa, posso até continuar e desenvolver uma pesquisa.

De repente fazer um livro, afinal esse assunto está na moda.

E, melhor ainda, aprovar na lei de incentivo e já sair com o livro pago, isso é que é malandragem.

Figura estranha, não para de falar, também são 500 anos de pobreza.

Falta de dinheiro deve gerar uma deprê neles do caralho.

Por isso eles também usam tanta droga.

Vai ver o pai deles não trabalhou que nem o meu.

Fiquei sabendo que eles ficam só bebendo e jogando bola.

A visão vai ficando pior, quanto mais a gente anda, mais barraco vai aparecendo.

Começo a me arrepender de ter insistido na ideia.

E se isso virar um pesadelo, o que vou fazer?

As ruas são inacreditáveis, buraco por todos os lados.

Bom, qualquer coisa eu digo que ajudo uma ong.

Isso, posso até pensar em fazer uma ong, isso dá dinheiro demais.

Posso até dizer que tenho um policial na família.

Não, melhor não, sei que eles têm ódio de polícia.
Esse rapaz não deve ser mau, afinal foi minha tia que indicou.
Ela tem uma empregada que é vizinha dele.
E no final esse pessoal do *hip-hop* acha que pode mudar as coisas.
Não podem nem pagar a pensão pros filhos e querem mudar alguma coisa.
E esse negócio de sistema, de jogo.
Um dia eles acordam e notam que a coisa é assim mesmo.
Pra uns terem muito, a maioria tem que se fuder sem nada.
Bom, parece que finalmente chegamos.
Bar do Zezinho é o que ele disse.
Começou a me apresentar para a rapaziada.
Firme e forte.
Tô legal e vocês?
Então, o doutor é jornalista.
Sou, sim, mas sou do bem.
Do bem era aquele tal de Tim Lopes, ha, ha, ha.
A risada ficou generalizada, não conseguia achar graça mas comecei a rir.
Sei lá o que passava na cabeça daquela gente, estava quase todo mundo chapado.
Se eu escapasse dessa talvez nunca mais iria para um buraco daquele.
O neguinho que era meu contato pediu para que eu entrasse.
Fomos caminhando para o balcão do bar.

Lá, ele me serviu um refrigerante.
Disse que os outros caras do grupo logo estariam lá.
Fiquei mais aliviado, pelo menos não demoraria mais.
Se eles não tivessem chegado logo eu teria saído fora.
Bandas de rock são tão legais de entrevistar.
E eu pagando mó veneno ali, naquele boteco fedido.
De repente chegaram mais três neguinhos.
Eles falaram os nomes, e seguraram firme na minha mão.
Comecei a entrevista.
As primeiras perguntas foram sobre a profissionalização do *rap*.
Mas eu queria logo é partir para a violência.
Eles deveriam ter dezenas de histórias desgraçadas.
Eu já tinha as perguntas na ponta da língua.
O que os policiais tanto procuram aqui?
Por que eles agridem vocês?
Eles discriminam vocês pela cor?
Quem comanda o tráfico?
Mas para isso eu tinha que ir devagar.
A Edilene disse que eles são bem sistemáticos.
E eu sabia que ia conseguir que eles abrissem a boca.
Eram meio ingênuos.
E por trás daquela marra toda só tinha quatro meninos com um sonho.
Ser um grupo de *rap* famoso.
Foi quando vi aquele menino com um facão nas mãos subindo a escada para o andar de cima do bar.

Pensei em perguntar, mas, quando ele já estava no último degrau, disse:

Desse não sobra nada.

Comecei a tremer, mas tentei disfarçar, fiz logo várias perguntas sobre o tal do *hip-hop* e eles foram respondendo.

Confesso que não entendia nada, só via as bocas se mexendo.

Não conseguia parar de pensar.

Era assim que eles eram.

Com certeza havia um cara sequestrado lá em cima e aquele menino talvez fosse machucá-lo.

O que eu poderia fazer?

Tentei lembrar das propagandas do Disque-Denúncia, o número era muito comprido, não vinha inteiro na minha mente.

E se eu pegasse o meu celular, talvez até me roubassem. Mas não me deixariam vivo, roubo seguido de morte.

Foi quando um homem se aproximou com uma serrinha de cortar cano e também subiu.

Meu Deus, coitado daquele homem, talvez fosse até um ex-amigo de faculdade.

Talvez o pai da Caru, minha esposa.

Afinal o pai dela era banqueiro.

Os negrinhos continuavam a responder às perguntas, divagando sobre a cultura da periferia.

Eu estava suando frio e quase desmaiei quando vi o homem com a serrinha descer já todo sujo de sangue.

Tentei lembrar de algum trecho da música do Racionais que me servisse para argumentar a favor da minha vida, mas tudo sumiu da minha mente.

Eu só escutava essas músicas quando tava na balada.

Por um momento minha vista escureceu.

Eu fiz um grande esforço para não desmaiar.

Lembrei do meu cachorro Frank.

Dos meus peixinhos Josef e Ernesto.

Lembrei dos filmes do Woody Allen.

Eu só queria comer uma *Pizza-Hu*t novamente.

Talvez mais uma ida ao Caribe.

Agora no fundo da minha alma eu sabia que não sairia dali com vida.

Eu ficava ouvindo Korn o dia inteiro e agora não sabia uma frase de *rap* para salvar minha vida.

Uma vez vi um neguinho na tv, ele era do *rap* também, mas não lembro o nome dele.

Os meninos do *hip-hop* agora estavam parados à minha frente.

Certamente não entendiam o que estava acontecendo comigo.

Eu sei que estava quase entrando em choque.

Tinha que me acalmar.

Lá de cima vinha muito barulho, vozes misturadas.

Meu Deus, o que estariam fazendo com aquele homem?

Pedi para que cada um falasse um pouquinho da sua vida.

Eles começaram a contar dos primeiros empregos.

Imaginei o homem amarrado, implorando pela vida.

Não lembrava do neguinho que vi na tv, eu não tinha nome nenhum para falar, para me valorizar.

Os neguinhos agora falavam das dificuldades com a família.

Principalmente com o pai que sempre bebia.

Eu não conseguia me concentrar.

Talvez tivessem abrindo ele como se abre um porco.

Uma senhora se aproximou da escada e gritou.

O rim é meu, o Bahia me deve.

Foi nessa hora que minhas pernas fraquejaram.

Sempre pensei que todos merecem uma chance.

Eles mereciam, eu também, aquele homem também.

Porra, justiça social do caralho, tão esquartejando o homem.

Os meninos me seguraram antes de eu cair por completo no chão.

Me arrastaram pra uma cadeira.

Eu pensando nos rins do pobre do Bahia.

O que será que esse tal de Bahia havia feito?

Talvez estupro.

Os meninos do *hip-hop* tentavam me dar água.

Talvez tivesse roubado algum morador, ouvi dizer que eles não perdoam isso.

Eu só conseguia imaginar os rins do homem nas mãos da velha.

Fizeram eu beber um pouco.

Percebi que a água estava com açúcar.

O homem com a serrinha que estava sujo de sangue se aproximou.

Eu fingi não vê-lo, ele perguntou se precisava de ajuda. Tentei pronunciar alguma palavra, mas nada saía.

Meu pequeno cachorro Frank, como ele gostava de dormir comigo.

Minha querida esposa reclamava, mas eu insistia em dormir com ele.

O último livro que estava lendo.

A prestação do carro novo dela.

Tantas coisas, talvez um filho.

Mas fariam isso comigo antes.

Os malditos iam me picar também.

Me sentia como no filme *O Massacre da Serra Elétrica.*

Povo desumano.

Talvez seja por isso que eles viviam sofrendo.

Esse tipo de coisa eles traziam da África.

Lá era legalizada essa porra toda.

Meu pai dizia que eles eram amaldiçoados.

Meus amigos nunca mais me veriam.

Comecei a notar os rostos dos meninos do *rap* de novo. Estava voltando a mim.

Metade do pessoal do bar começou a subir as escadas, todos passavam por mim apressados.

Seria agora, era a hora que eu imaginava.

Aquela porra de lugar era como nos países onde a pena de morte é legalizada.

Todos queriam ver o homem morrer como se fosse um *show*.

Eu lembro de ter parado no terceiro Pai-Nosso.

Eu tinha tantos planos, talvez o meu próprio jornal.

Tanto estudo, tantos cursos, para acabar nesse buraco. Começaram a descer, eu desmaiei de novo quando vi todo aquele sangue nas mãos deles.

Duas horas depois acordei.

Havia uma balança no balcão do bar.

Uma faca cortava a todo momento uma grande peça de carne.

Pessoas saíam da fila com sacos cheios.

Os meninos do *hip-hop* haviam desistido da entrevista, estavam todos ao meu lado.

Era uma coisa que a comunidade sempre fazia, me explicaram.

Comprar um boi e dividir as partes.

Vizinhos

Demorou para juntar todo o dinheiro, fiquei com um par de tênis e dois shorts. Foi muito duro comprar a casa, tive que usar camisas de atacado da Bresser, todas brancas, me custavam três reais e noventa centavos, e o mínimo que se podia comprar era de dez peças, só assim para economizar.

Não importava, eu queria mudar, a vizinhança tinha chegado no limite, depois que passei um mês inteiro seduzindo aquela morena, ela havia se deitado comigo, transamos gostoso, embora os ônibus que passavam a toda velocidade fizessem meu quarto tremer.

Mas voltando ao assunto, depois que chegamos aos finalmentes, veio a decepção: assim que saí com ela do meu quarto, um vizinho barbudo (que seja amaldiçoado seu nome) nos viu e disparou:

— Hã! Tá até suado, né?

Ela nunca mais olhou para minha cara.

Mas consegui substituir por outra bem parecida, embora o umbigo tenha um corte mais fino.

Outra coisa que não suporto mais é que a janela do meu quarto dá de frente para quatro janelas e nessas quatro estão as piores famílias. Numa delas, uma mulher com o cabelo seco ficava apoiada o dia todo. Quando o marido chegava, ela saía por uma hora, provavelmente para fazer a janta, e então voltava, ficava olhando fixamente para meu quarto durante todo o entardecer.

Uma vez levantei de madrugada e resolvi mijar nas escadas mesmo, preguiça de descer para o banheiro. Assim que comecei a me aliviar, notei uma pessoa abrindo uma janela, mas eu não queria acreditar, ela estava olhando, eu não consegui parar de mijar, estava tão gostoso. Então, assim que terminei, segurei meu pênis com a mão esquerda e inclinei em sua direção e comecei a movimentar a mão. Apesar de estar com muito sono, podia jurar que notei seu rosto se transformando e logo ela saiu da varanda.

De noite sempre tinha algum amigo me gritando, era aquele tipo de amizade que fica na sua casa de madrugada tomando café. Mas sempre foi assim, antes de eu chegar a abrir a janela, escutava outras se abrindo, eram eles olhando, talvez pensassem que iríamos fumar um baseado, sei lá, eu tinha medo de pensarem que eu era bicha. Então não abria mais a minha janela, e meus amigos foram desistindo.

Bati dezenas de vezes o portão na cara dos meus vizinhos. Era só estar chegando com uma sacola e eles não paravam de olhar um segundo, tentavam ver o que tinha dentro. Quando alugava fitas pornográficas, pedia para o rapaz da locadora pôr duas sacolas com o intuito de escondê-las, mas eu sabia que eles enxergavam, pois as capas para os filmes pornôs eram vermelhas e as sacolas eram muito finas.

A vizinha da esquerda tinha um cachorro que não parava de latir um segundo, eu já não conseguia mais dormir, o latido dele ecoava dentro da minha cabeça. Decidi comprar veneno, mas quando cheguei em casa me dei conta da mancada: o cara do bar que havia me vendido era conhecido dela, se o cachorro morresse envenenado eu podia ser acusado.

Tinha medo, muito medo, eles não podiam ser provocados, cansei de ver baixarias por muito menos, esse povo quando fica bravo fala cada coisa, já acordei com gritos do tipo — Seu pica murcha, cê num me come há mais de meis — ou então com frases tipo assim — Minha filha, foi ele que veio aqui me comer viu?, eu não fui lá dar pra ele não.

Então eu tolerava o som alto da vizinha que morava à minha direita, decorei todas as músicas da dupla Zezé di Camargo e Luciano, e quando comprei uma estante na Marabrás levei o relógio de presente para ela, nunca vi um sorriso tão meigo.

Mas dois dias depois disso, eu tive certeza de que estava enlouquecendo, aquela mulher havia feito fofocas sobre minha família a vida toda, além disso ano passado tinha dito a todos que eu com certeza era uma bicha, coisa que mais me deixa louco. Segundo os rumores dela, ninguém que era homem ficava tanto tempo estudando trancado dentro do quarto como eu.

O dinheiro estava completo, procurei as imobiliárias, não podia mudar do bairro, gostava dele, só odiava a minha vizinhança. Vagabundos e vadias, com cada um eu tinha um problema. Apedrejado desde a infância só por estar andando com gibis nas mãos.

Encontrei muitas casas legais, mas eram todas caras; procurei por mais três meses. E, durante esse tempo, ameacei de morte o vizinho da frente: ele ficava olhando para minha boca enquanto eu conversava com meus amigos, sabia que estava lendo meus lábios.

Eu tinha certeza de que ele queria saber o que eu falava, não resisti, mostrei o dedo para ele naquela tarde de quarta-feira. Pensei em pôr ele no meu novo romance, desisti: não ia torná-lo imortal.

Finalmente encontrei, tinha muitas espécies de plantas no vasto quintal, e era somente duas ruas abaixo da casa da minha mãe, o preço era bom, pois era desvalorizada devido ao córrego em frente.

Não liguei para o detalhe, eu limparia o barro quando o rio transbordasse, eu limparia tudo todos os dias desde que ninguém estivesse tentando ler meus lábios nem reparando nas minhas sacolas de fitas pornôs; eu amava a Cicciolina.

Fui lá ver a casa mais uma vez para ter certeza, era sexta-feira, os pássaros entravam e saíam a todo momento. Pisei pela primeira vez no quintal.

De dentro não se via a rua, ótimo. O vizinho do lado tinha um terreno vazio, morava longe. Já do outro lado morava uma prima da minha mãe, era separada e tinha duas filhas, mas sempre ouviam som baixo.

Agradeci a Deus também pelo vizinho de trás: era um galpão onde havia se instalado uma igreja evangélica. Cultos somente aos sábados – isso eu aguento, nada é perfeito mesmo.

Sequei as lágrimas de minha mãe, peguei meus livros e me mudei.

Meses depois, o terreno vazio ao lado foi alugado para uma espécie de ferro-velho, mas me acostumei com o barulho da máquina de prensar garrafas pet, e só me assusto ainda com o barulho deles desamassando latas. Tive uma discussão com a vizinha do lado, que é a prima da minha mãe: ela fez um fogão a lenha na divisa do muro que enche minha casa de fumaça todos os dias. Tentei dizer que isso era errado, ela ameaçou chamar a polícia e disse para todos da rua que sou ladrão, que esse papo de escrever é conversa, e que não tinha um botijão de gás, por isso o fogão a lenha.

A igreja que fica aqui atrás da casa aumentou a sessão dos cultos, e eu sei agora quem foi Moisés, quem era Paulo e a importância dos Salmos.

Esses dias, pela manhã, fui buscar pão e, quando abri o portão, notei pela primeira vez o monte de lixo que estavam jogando em frente ao córrego. Tentei não pensar mais, caminhei lentamente até a padaria e, no meio do caminho, vi um cachorro mancando. Parei pra fazer um carinho em sua cabeça e ele tentou me morder. Grande filho-da-puta.

Voltei para casa pensando em fazer café, mas o gás havia acabado; pensei num fogão a lenha também, mas daria muito trabalho, então resolvi fazer uma caminhada: saí pelo parque mais próximo (e único) e corri durante quarenta minutos. Depois, fiquei sentado no banco do parque por mais uns trinta, procurando esquecer a imagem de um frango assado que estava na minha cabeça desde que comecei a correr.

Voltei para casa e notei um Uno azul estacionado em frente ao meu portão – cara abusado, com certeza. Pelo menos o ferro-velho havia parado de prensar as garrafas pet (amanhã seria dia de quebrar as garrafas de vidro, eles arremessavam todas elas contra o muro, um dia voou um caco e quase atingiu minha cabeça. Meu quintal sempre amanhecia com alguns cacos, mas isso é detalhe, não vou esquentar).

A igreja começou o culto, logo agora que estava pensando em me masturbar, deixa quieto.

Eles aumentaram a programação e agora, além de ensaiarem todos os dias, também fazem o culto todos os dias, eu já sei todos os louvores, achei melhor dar uma cochilada.

No outro dia levantei cedo, o carro ainda estava lá só que com os vidros laterais quebrados, só aí me dei conta de que devia ser roubado. Liguei para a polícia várias vezes, o dia passou e ninguém apareceu.

À noite, só tive alguns incômodos com os ratos cavoucando o forro do quarto, as unhas deles davam arrepio, mas consegui dormir lá pelas quatro da manhã – o ferro-velho começou a quebrar as garrafas às sete em ponto.

Saí para comprar pão e, quando abri o portão, notei uma Variante branca encostada no outro lado do meu muro. Pronto, era o que faltava, a frente da minha casa agora era um cemitério de automóveis. Deixei os pães em casa, resolvi visitar minha velha residência e, quando passei pela rua e olhei para meus antigos vizinhos, tive vontade de cumprimentá-los, já não pareciam tão ruins assim. A rua tinha uma leve caída e me veio água nos olhos quando percebi pela primeira vez que minha antiga casa não era vizinha de um ferro-velho, nem dava para os fundos de uma igreja, e nunca haviam entrado ratos.

Mas não dava para voltar atrás: a casa era minha e esse era meu destino. Então, quando cheguei no portão, olhei para o Uno azul e vi que ele tinha lindos bancos pretos e notei que o volante era modelo esportivo. Nunca me apeguei muito a carros, mas decidi que queria aquele volante no meu futuro carro. Entrei no Uno e comecei a mexer, vi que ia ser difícil. Então fui buscar uma chave de fenda e um martelo.

Passados alguns minutos, eu já tinha tirado o volante, comecei a olhar para a bolinha do câmbio: tinha um lindo caranguejo desenhado. Quando toquei nela, escutei a sirene. Eu ainda tentei explicar, mas o volante estava no meu colo. A polícia que eu havia chamado finalmente apareceu.

No tribunal, alguns vizinhos testemunharam, mas todos disseram que eu era novo na rua e que antes de eu me mudar nunca teve nenhum carro roubado por ali. O dono do ferro-velho estava lá assistindo ao julgamento, algumas pessoas da igreja também, e eu até hoje não entendi quando fui condenado.

Agora me encontro num lugar sossegado. O problema é só dividir o banheiro e às vezes ter que dormir no chão, quando perco na aposta e tenho que dar minha cama para algum companheiro de cela.

O pão e a revolução

Colaram dois universitários no balcão, me afastei.

Estava no bar do Donato, um tiozinho pela ordem.

Com o bar havia sustentado os cinco filhos, nenhum virou malandro.

Notei os dois estudantes bebendo Coca-Cola e curtindo a vida agora.

Mais tarde, eles iam no "eu amo tudo isso", tomar um lanche, fodam-se.

Um homem mancando se aproximou.

— Me paga um pingado e um pão, moço.

— Pão com quê? — perguntou um dos universitários.

— Pode ser com manteiga.

— Esse é o problema, meu amigo, pouca pretensão, por que não pede um pão com queijo?

— Preten... o quê? — perguntou o homem que mancava.

— Deixa quieto — respondeu o outro estudante, meio impaciente.

Donato olhava a cena enquanto lavava os copos.

— Não pode ser assim. Informação é para ser distribuída, pretensão é você querer ter algo — explicou o outro universitário.

— Eu quero um pingado e um pão com manteiga — falou o homem que mancava e tinha uma mancha no olho.

— Faz assim: por que você não pensa em vender uns doces, sei lá, fazer algo melhor com sua vida do que pedir? — disse um dos caras.

— Deixa o homem, porra! — falou o Donato, meio alterado.

— Mas a gente só tá tentando dizer que ele devia revolucionar a vida dele.

— É, por exemplo, estudar, se empenhar, ter preparação para quando chegar a oportunidade.

— Mas ele só quer um pão com manteiga, gente! — falou quase gritando o Donato que havia criado cinco filhos.

Eu fiquei de boa, tomando meu café com leite, pensava num conto, mas me faltava algo.

— Então que ele se empenhe mais, isso é uma sociedade capitalista, não tem espaço para todo mundo.

— É isso mesmo, a vida é assim, a não ser que façamos a revolução — brandiu o outro estudante.

— Eu só queria um pingado e um pão com manteiga, moço — falou o homem mancando com uma mancha no olho e um curativo no braço.

— Mas é isso, meu amigo, que estamos falando.

— É, ele não entende, tem que acontecer uma revolução.

O Donato interrompeu a conversa, meu conto tá quase terminando, deu um pingado para o moço, que abriu um sorriso e, mesmo antes de agradecer, foi-lhe dado também um pão com manteiga.

— Tá vendo, é isso que não pode, tem que dar estrutura, dar a vara e não o peixe — falou indignado o universitário.

— É isso mesmo, você está agindo com assistencialismo, não devia — completou o outro estudante. E, mesmo antes de completar a frase, Donato o interrompeu e terminou a discussão.

— É o seguinte, seus doutorzinhos, eu trabalho aqui há vinte anos, todos vocês têm esses papos, esse homem tá nessa vida a todo esse tempo e quantas turmas já passaram por aqui, e essa tal de revolução não veio até hoje.

Terminei o café.

A faculdade da vida é mil grau.

Assunto de família

Bênça, Pai, como vai o senhor? Eu ainda estou aqui! Escrevendo contra a elite que a cada dia extermina mais minha gente. Pai, o senhor sabia que quando o Vô morreu eu senti muito ódio, principalmente quando visitei ele com o senhor lá na Bahia, porra, ele só tinha uma casinha mal acabada, um sofazinho, uma cama e uma hortinha pra plantar, foi difícil pra mim ver ele carregando tanto peso com aquela idade, e ele foi embora assim, Pai, sem nada a mais, sem deixar quase nada, a não ser os conselhos e seu exemplo de honestidade. Pai, eu vou parar de ser cristão, vou parar de perdoar esses que tanto nos humilham, a dor já dominou tudo, a minha revolta só cresce.

Sabe, Pai, o senhor deve estar jogando dominó ou baralho em algum barzinho, num canto de algum gueto, é o seu jeito, né não? O senhor lembra as noites que passamos em claro no bar do Domingos?

Pena que ele baleou aquele cara e o bar fechou, mas a nossa luta prossegue e muita coisa mudou por aqui. Pai, agora tem uma pá de tiozinho que está puxando carrinho de ferro-velho, se para a maioria com mais de 50 anos, eles não deram a sua sorte de arrumar um trampo registrado logo que chegaram aqui, e são abandonados por essa porcaria de país colonizado.

Sabe, Pai, tem uns caras que tão me ajudando nessa revolução que tanto quero, eles acreditam em um mundo melhor, um mundo como o senhor sempre falou pra mim, um mundo de educação e estudo, o senhor batia nessa tecla, e está funcionando, tudo que tenho devo ao estudo, aprendi que nós nascemos devendo vários dólares para os americanos, e nossos artistas não representam a revolta de um povo, que merecia melhores representantes, às vezes acordo desanimado e quase acredito no que o sistema diz, mas aí logo saio pra calçada e começo a observar a pivetada, correndo pra cima e pra baixo, sem rolê, com uns olhinhos assim meio desacreditados, e levanto a cabeça novamente e reafirmo pra mim mesmo que a guerra não acabou, penso em Conselheiro, penso em Tiradentes, penso em Zumbi, que morreram por estar fazendo a coisa certa, e se alguém tem que chorar, Pai, pode ser até meus familiares, pois a guerra é essa e, se depender de mim, não vai inimigo sobrar.

O senhor lembra daquela estantezinha que o pastor fez pra mim? Ela ainda tá cheinha de livro, comprei mais alguns do Plínio Marcos e vários do

João Antônio. O senhor gostava de cordel brasileiro, né não? Eu lia pro senhor direto, João Acaba Mundo e a Serpente Negra, Lampião no Purgatório, Pavão Misterioso. Os moleques aqui não chegam nem perto de algum livro, mas ficam o dia inteiro sem nada pra fazer, pensando no que queriam comer, vendo a mãe chegando com as latinhas que catou durante o dia inteiro e no total só dá pra comprar um pacote de arroz.

Eu penso, Pai, no que eles pensam quando veem na tv aqueles carrões, aquelas mulheres bonitas, imponentes, e os *playboys* gozando, desfilando num primeiro mundo de poucos.

Eu, o senhor e esses meninos somos o terceiro mundo que fica olhando, medindo, maquinando, a maioria sem um real na mão, sem a vitamina das frutas pra ajudar no seu crescimento no café da manhã, e sem autovalorização.

Tenho certeza de que tem mais um pobre em algum barraco de Heliópolis tentando raciocinar, tentando entender como irá ganhar dinheiro pra ter aquele tênis, sem um trampo, sem poder pedir para sua família, pois sabe que o salário só dá para o básico.

Ô, Pai, se liga aí, eu descobri que tem tanto soldado para o nosso Exército e às vezes creio que só falta um bom exemplo, quem sabe um homem com coragem e uma bala, só uma bala no homem certo, sem tempo nem para o filha-da-puta pedir perdão, creio que o povo brasileiro num tá a fim de dar perdão pra ninguém.

Continuo andando Pai, e por isso nunca mais deu tempo pra gente se falar, eu continuo de escola em escola, de entidade em entidade, de show em show, tentando espalhar informação, tentando cultivar o prazer de ler e de buscar algo melhor, e sei que o senhor também me apoia e torce para que um dia nós todos, brasileiros sofredores, lutemos com as armas certas, um livro, um caderno e um lápis, saberemos um dia o que é um livro, pois é um trecho de livro que nos coloca na cadeia, que nos afasta do dinheiro e que nos jogou aqui há quinhentos anos.

Querido Pai, a gente bateu muita cabeça, né não? O senhor sempre saiu daqui às quatro e meia da madrugada e só chegava à noite, sem tempo pra sair, sem tempo pra gente curtir a família junta, eu ficava nos livros, a mãe com os deveres domésticos, e a Jane estudando pra ser auxiliar de enfermagem.

Acho que cada um conseguiu as coisas a seu modo, todo mundo tava esperando mais de mim, mas tô aqui da mesma forma, Pai, e estou contente, sabe? Estou sendo honesto com todo mundo, e estou ganhando respeito com meu trabalho, o colchão ainda está no chão, os livros na mesma estante, mas pelo menos já consegui comprar um computador, e estou até escrevendo numa revista mensal, fiquei sabendo que muita gente estuda a vida inteira e não chega a se expressar assim, só me pergunto onde está o dinheiro de toda a correria que fiz com o livro, mas já me disseram que neste país é assim, cultura não dá dinheiro, aqui no nosso país, Pai, o que dá dinheiro é contravenção, e isso o senhor não me ensinou a fazer, e eu lhe agradeço por isso, o senhor sempre falou que o crime começava com um palito de fósforo, e eu acredito até hoje nisso.

Vou aproveitar e falar para o senhor que às vezes acho tudo muito confuso, afinal neste mesmo país temos joalherias sendo inauguradas com fila para entrar, com joias que custam até r$ 800.000,00. Temos casas com cercas eletrificadas, festa pra cachorro e todo tipo de manifestação desse tal capitalismo.

Eu estou longe de ser algum tipo de exemplo como o senhor falou da última vez que nos vimos, afinal o verdadeiro exemplo que o sistema planta está de notebook na mão sentado no avião, fazendo planos para ler o resultado do próximo painel de votação do Congresso. Sempre penso nisso, Pai, sempre penso que quando esse político desliga o *notebook* ele relaxa, toma uísque e não tem nenhum arrependimento, afinal para ele Deus é um empresário, o diabo é um ex-sócio fracassado, e os anjos, representantes comerciais.

De vez em quando, Pai, eu recebo convite para almoçar de alguém que leu meu livro. Já almocei com gente muito famosa, e eles ficam comentando do livro, dizendo que é assim, que é assado, eu fico na minha, penso nos meus, como aquela comida estranha e me imagino de volta na área, dentro do quartinho, junto dos meus amigos comendo aquela pizza. Não demora muito e o almoço acaba, eles geralmente dão contatos e dizem que vão fazer um movimento tal para ajudar a comunidade, eu volto para casa, e o senhor sabe que não fico esperando essas ajudas, faço minhas correrias, e parece que tá dando certo, a comunidade aqui está devagar, mas já está participando.

O senhor me criou assim e também não ia ficar esperando um *boyzinho* que cursa faculdade, que come *hotdog* de r$ 2,50 e fuma maconha todo o entardecer te ligar.

Acabei descobrindo que muita gente rouba para ter piscina maior, para ter mais um carro, para aumentar o depósito bancário. Enquanto isso, tem mano preso por tentar roubar uma camisa.

Sabe quem ganha com o crime, Pai? Todo mundo, a começar pelo juiz, depois o delegado, depois os policiais, só quem não ganha é o contraventor, o indivíduo, o meliante.

Imagina, Pai, eu vi esses dias uma mãe levando o carrinho cheio de compra e a madame rica ordenando — Pega aquilo ali — ela trabalhou a vida inteira, tem as mãos finas de tanto lavar roupa e a madame passa creme de r$ 300,00 para o amante de 18 anos.

Quantos ricos estão trocando a joia do colar para combinar com a roupa, tirando o vinho da coleção e colocando na mesa, rindo com o marido da empregada que não sabe pronunciar as palavras direito, afinal a empregada, assim como o senhor, vem de outra terra, uma terra cheia de cultura e jogada nos porões do americanismo imposto aqui. Nosso povo, Pai, é triste, sem ídolos, sem história, e o pouco que tínhamos os representantes e descendentes portugueses trataram de queimar, queimaram nosso exemplo.

Pai, deixa o filho-da-puta rir, pagar de gostoso, desfilar de relógio de ouro, quando a pt for engatilhada, o moleque não vai pedir dinheiro para comprar livro, o moleque vai querer tudo, tudo, o dinheiro, o relógio e o sangue escorrendo.

Na hora da compra, tanta coisa, tão pouco dinheiro, o País do Carnaval e do b, da bunda e da bola, está em caso de emergência, tão pouca compra no carrinho do mercado, tanta carne no açougue e sua mãe comprando carcaça, se o filho dela se negar a viver nessa mesma vida eu só dou aplausos.

Quem é honesto no país da contravenção só se fode, é tudo mentira, a melhora, a volta de um salvador, eu quero ver o povo sofredor alcançar melhoras na terra e não num tão sonhado paraíso.

Ontem passei em frente ao *Shopping* Morumbi, sabe, pai? Eu decidi boicotar aquele *shopping*, pois toda vez que eu ia lá com algum amigo os seguranças ficavam nos seguindo, era ksl prum lado, era ksl pro outro, e a gente não podia nem comer um lanche em paz. Uma vez seguiram a gente na maior cara-de-pau, até chegarmos no ponto da lotação. O senhor sempre falou pra ter paciência com esse tipo de situação, mas às vezes dói, Pai, às vezes machuca ser considerado diferente de todo mundo, ser classificado e separado pela merda de umas classes que eu nem sei quem inventou. O pior é ver no estacionamento do mercado do mesmo *shopping* uma fila de carros importados, não tinha um nacional, e meu parceiro falou que se a gente tivesse parado o Opala lá, eles levariam lá para o estacionamento de cima, que nem pagando o carro fica ali na frente, então puta-que-lá-merda eu num compactuo mais com isso, num piso mais nesse lixo de luxo.

Estou tendo que sair fora, Pai, vou ter uma pá de coisa para fazer hoje, sabe? Ontem à noite teve show do Chico César lá na favela do Monte Azul, foi muito louco, ele homenageou um amigo nosso que faleceu, o Dunga. E falou do 1Dasul. O cara é mó barato, o senhor tinha que conhecer a humildade dele, mas um dia a gente marca um rolê, todo mundo junto, se Deus quiser.

Manda um abraço para o tio e diz pra ele não desanimar não, que a vida é assim mesmo, e as marcas no rosto não são de alegria.

Seu filho, que faz mó cara que não te vê, Ferréz.

Na paz do Senhor

E aí, tiozão?
E aí, rapaz?
Salve, tudo firmão?
Tudo firmão e salvado.
É isso aí, meu querido.
Tá envolvido no quê?
Tô numas pegadas de igreja.
É, né? Jesus estupora tudo.
Pode crer.
Parei de ir nas tabiroscas.
Eu também, a última vez foi foda.
Levou fora, né?
Foi, perguntei pra mina como é que faz.
E aí?
Ela disse que já vem feito.
Carai, tinha um tobinho bom.
Puta traseira, parecia um Tempra.

É, esse tipo aí é foda.
Mas agora tô longe do mundão.
E eu que parei até com as pegadas.
Tava numas monstro, né?
Tava vendo bicho.
Eu também, antes só andava virado.
Virado no Saci ou no jiraiya?
Nos dois, tava na cordinha.
Hoje tô borocoxô, evito treta.
Eu peço até pelo amor de qualquer coisa.
Mas o maior é Deus.
Pode crer, ele é o rei.
Esses dias colou um prego.
Da onde?
De outra igreja, disse que o evangelho dele é o pã.
Ih! Se é comigo digo pra tomar no meio da sua porra.
E foi isso, falei pra ele que tô cheio de poder.
E ele?
Falou que o ministério dele era puro fogo.
Carai, ele levou uma mesmo, hein?
Falei, quem quiser testar o poder de Jesus é só vir.
Ele disse que o meu não espanta os demônios.
Não?
Não, o vacilão disse que eles ficam só no alto, e depois volta.
Carai, e o ministério dele?
Disse que acaba de vez com os encostos.
Mas e aí?
No final, desci do buzão.

E ele não falou mais nada?
Falou não, só ficou me encarando.
Vacilão hein? Uma hora nóis tromba ele.

Terminal (Nazista)

Calça *jeans*, camiseta branca, o logo do lado esquerdo do peito.

Desci, só percebi que andavam em fila vários metros à frente.

Alguns paravam para ir ao banheiro, questão de segundos, depois retornavam aos seus lugares, não antes de agradecer por alguém ter guardado a fila.

Outros tomavam café, um atrás do outro.

Problema com filho, problema com aluguel, problema por ter muito problema.

Eu tentava olhar diretamente para os olhos, os que não tinham a cabeça muito baixa não tinham globos oculares.

Cheguei a um dos veículos.

Estranhei quando ninguém colocou a mão no meu ombro, os organizadores estavam ficando relaxados.

A fila se formou rapidamente, eu era o primeiro.

Alguém notou o início da desorganização e tentou se aproveitar quando a porta se abriu.

Um dos organizadores o agarrou pelo ombro e o jogou para longe.

Nesse momento todos começaram a rir.

Talvez a câmara de gás, talvez valas comuns.

Olhei para trás e vi um que não parecia judeu, tentei ver o que pensava, mas estava fechado.

Comecei a duvidar do destino, saí da fila. Sendo visto pela organização com desconfiança, fui para a parte dianteira, alguém estava bem colado comigo.

Olhei o letreiro, o destino era o mesmo.

Gente que ia cedo, gente que vinha tarde.

Gente que ia cedo, gente que vinha tarde.

Gente que ia cedo, gente que vinha tarde.

Voltei à fila, alguém me puxou, estava cortando, esqueci de avisar que ia voltar.

Final da fila, tanto faz, sentado ou em pé, o gás é pra todos mesmo.

Há anos era infectado em casa, compre mais, compre mais, supere seu adversário.

Alguns sacavam máquinas dos bolsos, falavam com elas, escutavam elas.

O piloto chegou, fomos andando vagarosamente. Uma mulher com uma criança no colo chegou no início da fila, o organizador deixou ela entrar, lá atrás alguém gritou que na hora de gozar ninguém chamava a gente, concordei, embora não conseguisse demonstrar.

Não diga o que passa pela sua cabeça, uma ideia vale muita coisa, você é por você, não confie em ninguém, a única certeza é a dúvida.

Finalmente estamos sentados, um ao lado do outro, um atrás do outro.

Nem todos eram judeus, Meu Deus, ninguém era judeu, desci sob a mira do motorista, olhei o letreiro novamente e então percebi, tive um pensamento, fechei os olhos para não deixar ele crescer, é algo muito perigoso, sabe? Pensar.

O destino do ônibus era o Terminal Bandeira.

pólen soft 80 gr/m2
tipologia palatino linotype
impresso na primavera de 2020